Erotik Fanteziler Koleksiyonu

Cilt. 1

Erika Sanders

Erotik Fanteziler Koleksiyonu

Erika Sanders

Seri

Erotik Fanteziler Koleksiyonu Cilt. 1

Bu kitap aşağıdaki fantezilerden oluşmaktadır:

1 - Parktaki fantezi

2 - Evli ve memnun değil kadın

3 – Erkek arkadaşımın babası

4 – Yabancılarla fantezi

5 – Olgunla sadakatsizlik

Erotik Fanteziler Koleksiyonu ,
romantik ve erotik tabu içeriği yüksek
bir dizi roman.

(Tüm karakterler 18 yaş ve üzeridir)

Erika Sanders, yirmiden fazla dile çevrilmiş, her zamanki düzyazısından uzak, en erotik yazılarına kızlık soyadıyla imza atan, uluslararası üne sahip bir yazardır.

EROTİK FANTEZİLER KOLEKSİYONU
ERIKA SANDERS

PARKTA FANTAZİ

Günlerden cumartesiydi ve benim Colonia'mda genellikle hiçbir hareket olmuyordu, ben de komşu Colonia'daki parkta yürüyüşe çıkmaya karar verdim, orada balık tutmanın ne olduğunu görmeye karar verdim, çünkü o park orada çok kolay bağlanabileceğiniz bir üne sahipti. .

Çok seksi ve cilveli giyindim ve parka doğru gitmeye hazırlandım, yürümek biraz uzaktı, bu yüzden Uber istedim.

Daha önce kendisinden hizmet talebinde bulunduğum için şoför beni zaten tanıyordu, ben de ön yolcu koltuğuna güvenle oturdum.

Beni parka götürmesini istedim ve konuşmaya başladık. Gerçek şu ki, süper seksi görünüyordum, neredeyse karşı konulmaz görünüyordum , o yüzden çocuk müstehcen bir şekilde konuşmaya başladı, bir an heyecanlandı ve ben etek giydiğim için elini bacağıma koydu, çünkü külotlu çorabım görünüyordu. .

Konuşuyorduk , zaten elini üzerime koymak ve onu kızdırmak istiyordu. Bacaklarımı biraz açtım, külotumun üzerinden cinsiyetimi okşamaya başladı... Ama bu başka bir hikaye, burada bitiyor çünkü çoktan gelmiştik. parka gittim, ben de indim, ona para ödeyecektim ama o reddetti, bir dahaki sefere beni uyardı. Bundan sonra ne olacağını bilmek istiyorsanız bu erotik fanteziler serisini kaçırmayın.

Lezzetli bir dondurma aldım ve kendimi göstermek ve bir şey alıp alamayacağımı görmek için parkta yürüyüşe çıktım.

Olgun bir adam yanıma gelip benimle konuşmaya başlayıncaya kadar bir süre böyle yürüdüm. Benim hezeyanlarımın olgunluk olduğunu zaten biliyorsun , bu yüzden isteyerek kabul ettim.

Çok eğlenceli konuşuyorduk, birden bana yaşımı sordu, ben de ona 19 yaşında olduğumu söyledim. Gerçekten daha yaşlı görünüyorum, çünkü çok gelişmişim, 13 yaşımdan beri zaten düşük tutkuları uyandırdım, ama yapacağım bunu ona daha sonra anlat.

Utangaç bir ses ve çapkın bir bakışla ona kaç tane var diye sordum. 23 yanıt verdi.

Şaşırdım çünkü görünüşü açıkça onun daha yaşlı, en az 60 yaşında bir adam olduğunu gösteriyor, ona nasıl olduğunu anlattım mı? Biraz daha yaşlı görünüyorsun.

Sinsice gülümseyerek bana 23 cm dedi...
o ...

Ah demeyi başardığım anda kızardım, gergindim ve tükürüğü yutuyordum.

Komik adam beni kışkırtmaya devam etti ve doğrudan gözlerimin içine bakarak utanmadan kendi kendine sordu, kaçınızı seviyorsunuz?

Tekrar kızardım ve daha da sinirlendim ama bunu saklamaya çalıştım ve ona biraz çapkın bir tavırla "Aslında yaşlı insanlardan hoşlanıyorum" dedim.

Eğlenerek gülümsedi ve dedi ki, sinemaya gitsek ne dersin, çok güzel bir film gösteriyorlar, kötü niyetli bir şekilde gülümsüyorlar, hemen kabul ettim ve yakındaki sinemaya doğru yola çıktık.

Sinemada sadece porno filmler gösteriliyor, bunu zaten biliyordum çünkü bir zamanlar Cole'dan bazı arkadaşlarımla kaçamak yapmıştım, ama bunu size daha sonra başka bir yayında anlatacağım.

Bu sinemalarda mekanın neredeyse tamamen karanlık olduğu, banyolardaki ışıklı tabelaların zar zor fark edildiği, dolayısıyla eğer istekliyseniz her türlü manevraya uygun olduğu zaten biliniyor.

Ve tabii ki buna hazırdım.

Adamın kolunu arkama koyması uzun sürmedi, yanına yaklaştım ve yanağımı nazikçe öperek göğüslerimi okşamaya başladı. Bu beni çok tedirgin etti ve kimsenin bizi görüp görmediğini kontrol etmek için her yere baktım, gerçekte o karanlıkta kimse bizi göremiyordu, bu yüzden rahatlamaya ve bunu kendime bırakmaya çalıştım.

Adam göğüslerimi kıyafetlerimin içinden çıkarmayı başardı ve emmeye başladı. Meme uçlarım hemen ayağa kalktı ve süper sertleşti, bunu hemen fark etti ve beni giderek daha fazla el yordamıyla okşadı ve beni öyle bir şekilde emdi ki, şimdiden çok heyecanlandım.

Aniden elini bacağıma koydu ve daha önce de söylediğim gibi giydiğim küçük etekten bacaklarım ve külotum görünüyordu. Hemen ve otomatik olarak bacaklarımı açtım ve onun eğlenebilmesi için kendimi ayarladım.

Beni okşamaya başladı ve parmaklarının cinsiyetimi ovuşturduğunu hissettiğimde dayanamadım, bacaklarımı daha da açtım ve aletini pantolonunun üzerinden yakaladım ve çok iyi okşamaya başladım.

Elini cinsiyetime koydu ve zaten tamamen ıslandığımı fark etti, heyecanlandı ve parmaklarını elinden geldiğince içime soktu, manevrasını kolaylaştırmak için bacaklarımın üzerinde durmak zorunda kaldım, klitorisime dokunduğunu hissettim , daha fazlasını almak için beklemek zorlaştı ve ayakta durmak zorlaştı, süper heyecanlandım, ona doğru eğildim ve aletini emmeye başladım, o da zaten çok heyecanlıydı, her emmemde nasıl büyüdüğünü hissettim, fark ettim ki Bana söylediği 23 cm'nin yalan olmadığını söyledi.

İşler daha da kötüye gidiyordu, aniden elimi tutup aletinden çıkardığında elini yumuşak bir sesle cinsiyetimden çekti ama çok heyecanlı görünüyordu, hadi gidelim dedi bana.

Ne olacağını hemen anladım ve bana tekrar etmesini beklemeden, hiç uğraşmadım, kalktım ve oradan ayrıldık.

Caddenin karşısına geçtik ve hemen sinemanın yakınındaki küçük bir motele gittik.

kelime etmeden soyunduk ve vakit kaybetmeden üzerine atladım ve sinemada ona yaptığım horoz emmeye devam etmeye hazırlandım, bacaklarımı açarak ve yüzünü cinsiyetimin arasına koyarak bana teşekkür etti, ben de o sırada ben de öyle yaptım. çok ıslaktı, klitorisim ıslaktı ve dille tatlanmanın özlemiyle ayağa kalktım.

Fahişem kadar birkaç dakika 69 yaptık, onun sikinin üstüne çıktım ve bana söz verdiği 23 cm'lik siki tek çekişle yerleştirdim, içimi dolduran heyecan ve şehvetten neredeyse kurtuldum.

Bu yüzden çeşitli pozisyonlarda sikişmek için epey zaman harcadık, geleceğini anlayınca hemen sırtım ona dönük olarak dört ayak üzerinde kalktım ve gerçek bir fahişe gibi utanmadan ona kıçımı teklif ettim.

Bir an bile tereddüt etmedi, içimi tükürükle doldurdu ve kocaman kafasının içime girdiğini hissederek acıdan, şehvetten, heyecandan bir inleme yaptım ve deli gibi hareket etmeye, onu kışkırtmaya ve daha fazla horoz için yalvarmaya başladım.

bana merhamet etmiyordu ve dışarıda kalan aletinin geri kalanını kıçıma soktu. Acı içinde çığlık atmama neden oldu ama kaçmak yerine kıçımı sıktım ve çılgınca hareket etmeye başladım. Bir süre öyle kaldık, ta ki müthiş bir şekilde gelmemi sağladı , bunu anlayınca daha fazla dayanamadı ve kaynayan sütüyle içimi doldurarak içime geldi.

9 inçlik bir siki yuttum ve size söz veriyorum bu, becerdiğim son ya da son büyük horoz değildi.

EVLİ VE MEMNUN DEĞİL KADIN

Ben örnek bir ev hanımıyım, genç, güzel, seksi, iyi vücutlu, evli ve sadakatsiz, tüm evli insanların hayalini kurduğu türden bir kız.

Ama anlaşılan o ki kocam da çok genç ama hiç tecrübesi yok. Ve ona bir şey öğretmekle ilgilenmiyorum. Yani evliyiz ama seks hakkında hiçbir şey yok ve gerçek şu ki babam sayesinde bunun için doğduğuma, seks yapmak, deli gibi sevişmek için doğduğuma tamamen eminim ve gerçek şu ki gerçekten umurumda değil Kim, Amaç sikişmek ve vücuda zevk vermek, offf.

Başıma gelen birçok olaydan dolayı okuldaki arkadaşlarımın bana Rastgele Kız demeye başladıkları bir zaman geldi , bunların çoğu seksle ilgiliydi.

Kocamla sinemaya gittiğimde, ortalık yarı doluydu ve biraz karanlıktı, bu yüzden bize yer olup olmadığını göremiyorduk, bu yüzden koridorun arkasındaki küçük bara yaslanarak kaldık. koltuklar.

Biz böyleydik, birdenbire bir adam, kocam fark etmesin diye, biraz sahte bir tavırla beni arkadan ovuşturmaya başladı. Ben de öğrenmesin diye bir şey söylemek istemedim.

Uzun bir süre aletini bacaklarımın arasına sürttükten sonra, ben hiçbir şey söylemediğim için heyecanlandı ve elbisemin üzerinden gizlice kalçalarımı okşamaya başladı.

Beni uzun zamandır takip edenler bilir, ne teklif edilirse edilsin, her zaman süper seksi giyinerek dışarı çıkarım. Ya kısa bir etek ve yakalı bir bluz ile. Veya bu seferki gibi, yakası kısa, dar bir elbise.

Elbisemin kumaşı sana dokunmamı sağlıyor ve sanki vücuduma dokunuyormuşsun gibi hissettiriyor, kumaş o kadar zengin ki, bu yüzden böyle elbiseler giymeyi seviyorum.

Peki, çocuğun bana el yordamıyla dokunduğunda ne hissettiğini bir düşünün, neredeyse vücudumu tüm ihtişamıyla hissedebiliyordu.

O an eşim boş bir yer olduğunu gidip oturmam gerektiğini söyledi, ben de merak etme, ben burada iyiyim, sen oraya gitsen iyi olur dedim, o da öyle yaptı.

Çocuk bana dokunmaya devam etmesine izin vereceğimi anladı ve okşamaları giderek daha cüretkâr olmaya başladı ve iyi bir fahişe gibi bana izin verdi.

Çıplak kalçalarım ve külotum görünene kadar elbisemi kaldırdım. Onları okşamaya başladı, çok azgın. Çok azgınlaştığında aletini çıkardı ve çıplak olarak bana yaslandı, beni belimden tuttu ve kalçamın ortasını ovmaya başladı.

O sıcak ve zonklayan horoz kalçalarımın arasında ne kadar lezzetli bir his uyandırdı ve o da bana yaslanıp beni çok güzel ovuşturdu. Kısa bir süre sonra külotumu ayırdı ve sikini doğrudan cinsiyetimin üzerine sürmeye başladı, bu sırada ben zaten çok ıslanmıştım.

Ona doğru döndüm ve sırtımı barditaya yasladım , külotumu bir kenara koydum, onun aletini aldım ve ben de onun aletiyle seksimi ovmaya başladım.

Çok uzun sürmedi, çocuk göğüslerimi elbisemden çıkarıp emmeye başladığında, meme uçlarım süper sertleşti ve iyi konumlandı, bu zaten çok azgın olduğumun bir işareti, bu noktada her şey, kesinlikle her şey. Benim için buna değerdi anne.

Onun aletini aldım ve cinsiyetime yerleştirdim, belini tuttum ve onu bana doğru çektim, bu da onu bana koyması gerektiğinin açık bir işaretiydi. Çok beklemedi, beni belimden çekip biraz eğildi, aletinin tamamını zaten tamamen ıslak olan cinsiyetime soktu, bu yüzden onu içeri sokması zor olmadı.

Çok lezzetliydi, yasak seks en iyisiydi ve hiçbir şeyle karşılaştırılamaz, hayal edin, sinemada insanlarla dolu bir sikişirken, kocam yakınlarda ve oğlanın ateşli, kocaman, kalın ve büyük kafalı bir yarağı var, sadece Ben onları seviyorum , tıpkı babamın alıştığı gibi.

Sadece birkaç dakika böyle kaldık, çocuk beni fışkırtarak bitirdi, çığlık atmamak için büyük çaba harcadım, her ne kadar zevkten, şehvetten, ateşten inlemeler çıksa da, çocuğa yapıştım, kendimi sertçe bastırdım horozuna karşıydı ve bu yeterliydi. böylece muazzam miktarda süt fışkırdı. Daha fazla ayakta duramadım, bacaklarım büküldü ve önünde diz çöktüm, o anı fırsat bilerek onu iyice emdim ve olması gerektiği gibi düzgün bir şekilde temizledim...

Çocuk gittiği anda kocam filmi bitirmek üzereyken geri döndü ve otobüse binmek üzere evimize gitmek üzere birbirimize sarıldık.

ERKEK ARKADAŞIMIN BABASI

O gün kendimi biraz heyecanlı hissediyordum, bu çok tuhaf çünkü her zaman bir sürü ha ha'm olur , bu yüzden erkek arkadaşımı ziyaret edip ona küçük bir sürpriz yapmaya karar verdim. Eve gitmek. Kapıyı çaldım ve babası kapıyı bana açtı. Merhaba aşkım, içeri gel, oğlum burada değil ama yakında dönecek dedi. Beni liseden beri tanıdığı için tam bir güvenle geçtim, bunun dışında ona çok güveniyordum ve beni çok takdir ettiğini biliyordum.

odasına gittim ve bir arkadaşıyla içki içtiğini görünce şaşırdım, neden yalnız olduğunu varsaydığımı bilmiyorum. Gerçek şu ki merhaba dedim ve beni ikisinin ortasına oturttular, her zamanki gibi eteğim yukarı kalktı ve güzel kalçalarımı gösterdi ve her zamanki gibi eteğimi indirmek için hiçbir şey yapmadım, diğer şeylerin yanı sıra, bunu seviyorum erkekler beni görüyor ve eğer olgunlarsa o zaman daha iyi. Ve o anda iki olgun adamın arasında eteğimi kalçalarıma kadar uzanan bir şekilde oturuyordum.

Anlaşılan buna pek önem vermemişler ve bana porno film izlediklerini, eğer izlemek istersem değiştireceklerini söylediler. Bu beni gerçekten rahatsız etmedi, bu yüzden ona sorun olmadığını, benim için sorun olmadığını söyledim.

Bana bir içki teklif ettiler ve ben de kabul ettim, verdikleri içeceğin biraz sert olduğunu hissettim ama 18 yaşında aptal gibi davranmayacaktım, bu yüzden hiçbir şey söylemedim ve içtim. Gerçek şu ki, çok fazla alkol içmiyorum ve bu içki neredeyse anında başımı döndürüyor. En kötüsü bana bir tane daha teklif ettiler, ben de tekrar kabul ettim ve yine başım döndü.

Hiçbir şey söylemedim, ekrana bakmaya devam ettim, film çoktan ısınmıştı, iki yaşlı adam genç bir kızla eğleniyordu. O anda iki yaşlı adamla yalnız olduğumu fark ettim!!! ve içki, gerçek şu ki çoktan azmaya başlamıştım, o adamların yanında böyle hissetmekten biraz utanıyordum ve onlardan biri de erkek arkadaşımın babasıydı. Biraz gergin hissettim. Erkek arkadaşımın babası kolunu omuzlarıma koyup biraz daha yaklaşıp çoktan güzelleştiğimi söylediğinde kendimi daha da kötü hissettim. Alkolden ne kadar utanmış olsam da, kendimi ne kadar azgın hissetsem de başımı kanepenin arkasına yaslayıp gözlerinin içine bakarak teşekkür etmeyi başardım. Tek eliyle yüzümü tuttu, çok gergindim çünkü her şeyin dışında o adam yaşına rağmen bana her zaman çok çekici görünmüştü. İki adam daha yaşlı olmasa da muhtemelen 60 yaşlarındaydı. Ne yapacağımı bilmiyordum ve kocaman elini yüzümde hissettiğimde düşünebildiğim tek şey gözlerimi kapatmaktı, sıcaktı, çok lezzetliydi.

Adam cüret etti ve ağzıma muazzam bir öpücük kondurdu, bu beni şaşırttı, çok sinirlendim, ne yapacağımı bilemedim, çok sessiz kaldım, ne zaman şaşırdım, beni öpebilsin diye ağzımı açtım iradesiyle. , üstelik sadece bu da değil, ona dilimi verdim, bunun ne anlama geldiğini biliyorsun, bu senin azgın olduğun ve o ne isterse olsun kendini ona teslim ettiğin anlamına geliyor.

Aslında istediği bluzumun altına uzanıp göğüslerimi okşamaktı. Birisi göğüslerime dokunduğunda nasıl hissettiğimi zaten biliyorsun. Bir anda meme uçlarım durdu ve aşırı sertleşti. Bunun bir sonraki adımın sinyali olduğunu fark etti ve biliyordu. Bir sonraki adım meme uçlarımı emmeye başlamasıydı. İşlerin artık ne kadar tehlikeli hale geldiğini ve erkek arkadaşımın gelmeyeceğini görerek oradan uzaklaşmak yerine, sadece bacaklarımı ayırmayı başardım ve pantolonunun altından görünen devasa şişkinliğine elimi koydum.

Teslimatımı kabul etti ve elini bacaklarımın arasına koymaya başladı, ancak onları daha da ayırmayı başardım. Bunu gören arkadaşım da canlandı ve benim meme uçlarımı da emmeye başladı. Bu beni gerçekten tahrik etti, iki yaşlı adamın ellerini üzerime koyması ve her iki tarafta birer tane olmak üzere meme uçlarımı emmesi, hareketsiz kalmak değil, bu özellikle beni deli ediyor. Ben de hiç düşünmeden diğer elimi diğer adamın penisinin üzerine koydum ve ikisini de okşamaya başladım. Hemen pantolonlarını indirdiler ve siklerini çıkardılar, böylece onları istediğim gibi okşayabilirdim ki bunu da hiçbir sorun yaşamadan yaptım.

Piçlerin devasa sikleri vardı, büyük, kalın ve büyük başlı, tam da benim sevdiğim gibi ve onlar benim meme uçlarımı emerek kendilerini şımartmaya devam ederken, her birine iki elimle dokunarak onlardan keyif almaya hazırlandım . Eğer o sahneyi hayal edebiliyorsanız, zaten fazlasıyla azgın olduğumu anlayacaksınız. Erkek arkadaşımın babası kanepenin koluna oturdu ve bana kocaman sikini teklif etti, ben de bunu hiç düşünmeden hemen kabul ettim, kanepede dört ayak üzerinde durdum ve o güzel sike yaslandım ve emmeye başladım, kapalı, Tadı lezzetli, kocaman , sıcak ve ağzımın içinde zonklaması beni heyecanlandırdı. Diğer adam bundan yararlandı ve altıma girdi, külotumu çıkardı ve çoktan ıslak olan cinsiyetimi yalamaya başladı. Adam klitorisimi emmekten ve meyve sularımı içmekten zevk alıyordu. Gelecek olana zaten fazlasıyla hazırlıklıydım.

Kanepede bulundukları pozisyondan kalktılar ve erkek arkadaşımın babası, ona binmem gerektiğini açıkça belirtmek için sırt üstü yattı ve ben de öyle yaptım. Karnına yerleştim ve aletini alarak cinsiyetimin üzerine yerleştirdim ve bir kerede onu toplarıma koydum , çılgına döndüm ve deli gibi hareket etmeye başladım, o aleti ne kadar da sevdim, çok büyük, sıcak hissettim, Her şeyi doldurdum. Diğer adam arkamdan yaklaşıp kalçamı kaldırdı, su demeden arkamdan tükürükle doldurdu, kocaman sikini kıçıma soktu, acıyla inledim, biraz çıkardı, bana göre ayarladı Daha iyi oldum ve kıçımı hareket ettirmeye başladım, bu onun için hepsini tek seferde arkadan içime koymasının işaretiydi. İnledim, iç çektim ve deli gibi hareket ettim. İki olgun damızlığın iki güzel siki tarafından önden ve arkadan kilitlenmenin nasıl bir şey olduğunu hayal edebiliyor musunuz? Bu her ateşli kız öğrencinin hayalidir. Ve o anda bunu zaten gerçekleştiriyordum. Böylece o anda mevcut olan tüm şehveti anlayacaksınız. Kontrolsüzdüm, gerçek bir sürtük gibi hareket ediyordum ve bunu itiraf etmekten utanmıyorum.

Okulumdaki tüm kız arkadaşlar arasında en sürtük benim ve bunu seviyorum. Ve bunu herkes biliyor.

Bir an iki adam yer değiştirdi ve bana tekrar çarptılar, o an kendimi dünyanın en mutlu kadını gibi hissettim. Sadece nasıl fahişe olunacağını ve kendinizi başkalarına nasıl vereceğinizi bilmek zorunda değilsiniz, aynı zamanda iyi bir sikişin tadını nasıl çıkaracağınızı bilmek de önemlidir ve o anda aynı anda iki mükemmel sikişmenin tadını çıkarıyordum.

Daha fazla dayanamadım ve her yere müthiş bir şekilde sıçradım. Bunu gören iki adam biri önden, diğeri arkadan içimi bitirinceye kadar daha sert saldırdılar ve her iki tarafıma kaynayan süt doldurdular. Erkeğinin gelmesini sağlamak kişi için mutluluk kaynağıdır ama iki erkeğin aynı anda içinize girmesini sağlamak paha biçilemezdir.

Erkek arkadaşım hiç gelmedi ve bunun için minnettardım, eğer o muazzam ikili sikişmemizi bölselerdi nefret ederdim.

Tabii erkek arkadaşımın evde olmadığı zamanlarda yaptığı ziyaretler defalarca tekrarlandı.

YABANCILARLA FANTAZİ

Bir keresinde erkek arkadaşım beni arkadaşlarıyla bir toplantı için evine davet etti; bu çok yaygın olan ve düzenli olarak yaptığımız bir şeydi ve ben de hemen kabul ettim.

Genellikle bu toplantılarda, bir noktada erkek arkadaşım ve ben gizlice sevişmek için dışarı çıkarız ve sonra toplantıya geri döneriz. Herkes bunu biliyordu ve neredeyse herkes aynısını yaptı.

O olayda beni şaşırtan şey sadece erkek çocukların olması, kadınların olmaması ve hepsinin bana tamamen yabancı olmasıydı. Yine de hiçbir şey söylemedim ve içip tatlı tatlı konuşmaya başladık.

sevişmeye başladığınızda dinlediğiniz müzik gibi , çok güzel, biraz azgın, yumuşak bir müzik çaldılar .

Gerçek şu ki kimse saf insan olduğu için dans etmiyordu. Birdenbire, erkek arkadaşım benden onlar için biraz dans etmemi istedi, herkesin alkışladığı ve fikri kutladığı toplantıyı canlandırmak için ve ben de onlara bir gösteri vermeye hazırlandım.

Sevdiğim elbiselerden biri olan kısa, dar bir elbise giyiyordu ve özellikle bu elbise beni süper seksi, süper güzel, süper azgın ve süper sürtük gibi gösteriyordu. Toplantılarda o elbiselerden birini giyme fikri bu.

Işıkları biraz kıstılar ve gerçekten şehvetli bir şekilde hareket etmeye başladım, bir kız olduğum için çok iyi geliştim, ama şimdi, 18 yaşında, muhteşem bir vücuda ve melek gibi ve masum bir yüze, gülümsemeye ve bakışa sahiptim. bu herkesi eritti. herhangi.

süre tek başıma hareket ediyordum, birden bir çocuk gelip arkamdan belimi tuttu, ritmime göre hareket etmeye başladı, diğerleri alkış ve ıslıklarla kutladılar. Arkamdan bana doğru geldiğini, beni belimden tutulana doğru çektiğini hissettim. Hemen durduğunu hissettim ve silahı bana kalçalarımın arasına verdi. Kıçımla ayağa kalktım ve daha seksi hareket ettim, tabii ki gizlice onun aletine sürtündüm. Ancak herkes hareketimi fark etti.

Bu başka bir çocuğa cesaret verdi ve o da o erotik dansa katıldı. Önümde durdu ve beni belimden tutarak ona yaklaştım ve o da önden aletimi ovmaya başladı. Bu, kutlamayı ve alkışlamayı bırakamayan diğer çocukları çılgına çevirdi.

O müzikle birlikte çoktan azmaya
başlamıştım, o adamlar beni sikleriyle
ovuşturuyorlardı, bilmiyordum ya da
nasıl olduğunu bilmiyordum, ama
birdenbire çoktan her birinin siklerine
dokunuyordum, bir elim önde, diğer
elim arkadaydı.

Diğer oğlanların sevincinden beni daha
pervasızca okşamaya başladılar.
İçlerinden biri elbisemi kaldırıp
kalçalarımı açığa çıkardı ve onları azgın
bir şekilde okşamaya başladı. Önde
oturan diğeri bardan göğüslerimi alıp
okşayıp emmeye başladı. Meme uçlarım
hemen ayağa kalktı ve süper sertleşti,
tıpkı biri bana dokunduğunda her zaman
olduğu gibi, bu bundan hoşlandığımın ve
zaten azgın olduğumun işaretiydi.

Neredeyse hiç düşünmeden elimi her
ikisinin de pantolonunun içine soktum
ve hemen pantolonlarını çıkarıp siklerini
açığa çıkardılar, ben de ikisini de çok
azgın bir şekilde okşamaya başladım.

Başka bir çocuk yaklaştı ve elini bacaklarımın arasına koyarak cinsiyetime dokunmaya başladı. Azgınlığımdan dolayı zaten çok ıslandığımı hemen fark etti. Ayrıca hızla pantolonunu çıkardı, yüzü yukarı bakacak şekilde halıya uzandı ve beni üstüne oturttu, tüm aletini içime soktu, bu da kutlamayı bırakamayan diğerlerini sevindirdi. Başından beri birlikte olduğum diğer iki oğlan sırayla sikini ağzıma sokmaya başladı, ben onları yakalayıp emdim, diğer çocuk ise beni kendi zevkine göre sikti.

Ona söylemeye geldiğimde, bütün oğlanlar zaten tamamen çıplaktı ve sırayla siklerini tutup emiyorlardı, bu yüzden hepsi sırayla onun sikini emdiler.

Sonra sırayla beni üstlerine oturttular ve siklerini içime soktular, hepsi böyle gitti.

O gün bana sikini verenlerin 6 mı, 8 mi, yoksa 10 kişi mi olduğundan asla emin olamadım. Önemli olan benim harika vakit geçirmem ve elbette onların da geçirmesi.

Herkesin aklına gelebilecek her pozisyonda beni sikmesine izin verdim, sırayla beni sikmeye. İnanılmaz anlar yaşandı; biri önden, diğeri arkadan olmak üzere ikişer ikişer içime giriyorlar, sonra sırayla herkese sıra geliyorlardı.

Uzun bir süre öyle kaldık, al götür, kaç kez geldiğimi hatırlamıyorum ama hiç olmadığım kadar keyif aldığımı hatırlıyorum.

Sonunda beni dizlerimin üzerine koydular ve neredeyse aynı anda hepsi ağzıma, yüzüme, göğüslerime , saçıma, dokundukları her yere geldi. Harika bir deneyimdi, ilk kez bir seks partisine katıldım ve gerçek şu ki... Bunu sevdim.

Elbette bu toplantılar birkaç kez tekrarlandı, bazen toplantıyı daha da hareketlendirmek için bir kız veya başka bir kız getiriyorlardı, ama genellikle hepsi erkekti.

OLGUNLA SADAKATSİZLİK

Küçüklüğümden beri, bir gün evlendiğimde kocamı bir yabancıyla aldatacağım düşüncesinin hayalini kurardım.

Bu fikir bekarlığımdan beri sürekli aklımdan çıkmıyordu.

Artık evliyim ve beklenmedik bir şekilde bu fikirler düşüncelerimi giderek daha sık doldurmaya başladı.

Kendimi bir yabancıyla siktiğimi hayal ettim ve hatta bazen bu maceranın nasıl olacağını hayal ederek mastürbasyon bile yaptım.

Zaten çok azgın bir kız olduğumun farkına vardım, belki de her zaman öyleydim, ama şimdi bunu daha çok aklımda tutuyor gibiyim ve kocamdan başka birini becerme fikri beni aşırı derecede azgınlaştırıyor, öyle ki ıslanıyorum sadece bu durumları düşünüyorum.

Her zaman bunun hayalini kurardım ama artık daha gerçekçi olmaya başladığından bu beni biraz tedirgin etti ve gereğinden fazla heyecanlandırdı.

Böylece bir gün, şaka olsun diye, kızların kendilerini erkeklere sunduğu gizli yetişkin sayfalarına reklam yerleştirmeye karar verdim. O an tüm bunlar bana eğlenceli ve azgın geliyordu ve bir gün bir yabancıyla sevişeceğim düşüncesiyle mastürbasyon yapıyordum.

Sorun birisinin reklamlarımdan birine yanıt vermesiyle başladı. Bunu beklemiyordum, her gün bu fikrin hayalini kurduğumu biliyorum ama şimdi, birdenbire, bir yabancı bana benimle bulaşmak istediğini, fotoğraflarımı sevdiğini ve eğer istersem birlikte olacağımızı yazıyordu. en kısa zamanda buluşabiliriz.

gerçekte onun üzerine atlamakla aynı şey olmaması beni korkuttu , bu beni son derece tedirgin etti.

Bu yüzden hiçbir şeye cevap vermedim. Sakin kaldım ve neredeyse bunu unutuyordum ki birdenbire birkaç reklamım için daha fazla yanıt bildirimi almaya başladım.

Bu gerçekten şaşırtıcıydı.

Birkaç bilinmeyen adam beni becermek istedi.

istediğim kişiyle gerçekleştirme fırsatı bana açıktı , bu beni çok huzursuz ama aynı zamanda çok azgın yaptı. İstediğim kişiyi becerme fırsatım vardı ve tek yapmam gereken onlardan herhangi birini kabul etmekti.

Bazılarının profillerini kontrol etmeye başladım .

Biri çok dikkatimi çekti.

65 yaşlarında, yaşlı bir adamdı.

olduğumu biliyorsun .

Bu yüzden profilini biraz daha dikkatli okudum.

Onunla çıkıp çıkmama konusunda herhangi bir şüphem olsaydı, 23 cm olduğunu okuduğumda artık bir an bile tereddüt etmedim.

İlgilendiğimi hemen yanıtladım.

Şaşırmış görünüyordu çünkü daha sonra ona cevap vereceğimi hiç düşünmediğini itiraf etti.

Benimkine uzak bir mahallede buluştuk, taksiye binip buluşma yerine geldim.

Zaten oradaydı, endişeyle bekliyordu. Daha fazla vakit kaybetmeden arabasına bindim ve yakınlardaki bir motele doğru yola çıktık, çok gizli bir yere.

Hikâyem biraz uzun olduğu için size sadece tüm beklentilerimi aştığımızı söyleyeceğim.

Durum göz önüne alındığında çok gergindim, sırf sana sikini sokabilsin diye bir yabancıyla tanışmıştım, bu hiçbir şey değildi, tabii ki gergin olmak dışında, süper heyecanlıydım ve süper azgındım.

Sonunda her şey harika gitti, başka durumlarda buluşmak üzere sözleştik ve öyle de yaptık.

Artık bu inanılmaz deneyimden sonra daha sakindim, daha iyi düşünebiliyordum ve fantezilerimi gerçekleştirerek mükemmel bir karar verdiğime kesinlikle karar verdim.

Bu deneyimle bir nevi işleri daha iyi planlama konusunda kendime izin verdim ve yavaş yavaş yabancılardan gelen davetleri kabul etmeye başladım.

Tam kontrolle kimin evet kimin hayır olduğuna karar verdim.

Böylece sadece yaşlı erkeklerin davetlerini kabul etmeye başladım.

Öyle bir an geldi ki, sadece gerçek bir sadakatsiz ve yiyici fahişe olmakla kalmayıp, aslında bir nemfoman olduğumu da açıkça anladım.

Bir yabancının sikine giderek daha fazla ihtiyaç duymaya başladım. Neredeyse her gün sikiştiğim zaman geldi, bu şimdiye kadar sahip olduğum tüm fantezilerin dışındaydı.

Ancak bir horoza değil, mümkünse iki, üç horoza ihtiyaç duymaya başlayınca ciddi anlamda endişelenmeye başladım.

Böylece sıradan yabancılarla randevular ayırmaya başladım ve birbirlerini tanımasalar bile ortaklar isteme görevini üstlendim.

Reklamım şöyle bir şey söylüyordu:

Genç, tatminsiz evli kadın müsait, iki olgun beyefendi arıyor.

Sürprizim için. Neredeyse duyuru gününden itibaren yüzlerce yanıt geldi.

de başvuranlar arasından seçim yapma görevini üstlendim.

Zaten yaşlı olan iki olgun adamın profilleri beni son derece heyecanlandırdı, 70 ila 75 yaşları arasında olduklarını ama çok iyi donanımlı olduklarını söylediler.

Hemen cevap verdim ve ilk buluşmamız için buluştuk.

Söylemeye gerek yok, o çiftle sevişmek harika bir deneyimdi.

Neredeyse 4 saat boyunca bana sik verdiler, ikisini de ilahi bir şekilde emdim, beni becerdiler ve beni kendi zevklerine ve benim zevkime göre aldılar elbette, en inanılmaz ve harika şey beni önden ve arkadan vermeleriydi. aynı zamanda.

İnanılmaz bir deneyimdi ve elbette bunu defalarca tekrarladık.

Heyecan verici cinsel hayatım bu şekilde çift horoz arasında geçti ve inanılmaz keyif aldım. Sadakatsiz bir nemfoman fahişeye dönüşme fikri hoşuma gitti .

Bu tek düşünce beni çok heyecanlandırdı ama artık mastürbasyon yapmadım, sadece telefonu elime aldım. ve hazır!!!

SON